Le TABAC,

POÈME,

PAR

CHARLES BONIN.

MARSEILLE,

IMPRIMERIE DE MARIUS OLIVE,

Rue Paradis, 47.

1842.

LE TABAC,

Poëme.

Le

TABAC,

POÈME,

PAR

CHARLES BONIN.

MARSEILLE,

IMPRIMERIE DE MARIUS OLIVE,

Rue Paradis, 47.

1842.

PRÉFACE.

L'Auteur de ce léger Poème ne se dissimule aucun des inconvénients attachés à l'usage du tabac; il sait que la Médecine éclairée a même signalé des poisons dans les éléments qui le composent, et l'expérience fréquente suffirait pour confirmer les utiles assertions de la science. Il a seulement essayé de répandre quelque charme sur un sujet qui prête beaucoup à l'imagination : s'il mérite des lecteurs, il croira n'avoir pas manqué aux sévères lois de la vérité, surtout s'étant permis de rappeler la sage modération.

LE TABAC.

Je chante les douceurs de la plante exotique,
Qui devait apporter un plaisir fantastique
Aux humains se plaignant de leurs fardeaux divers.
En cherchant le bonheur au sein de l'univers,
Ils voulaient éloigner la coupe inévitable
Des douleurs qu'ici-bas un sort invariable

Envoyait en épreuve : il fallait qu'un bandeau
Subtil et merveilleux réjouit le cerveau ;
Il fallait du tabac les vapeurs incertaines,
Produisant dans nos sens des langueurs souveraines,
Pour endormir l'effort d'un tourment incessant,
Et rendre à nos esprits un calme ravissant.

Longtemps fut ignoré l'arbrisseau plein de charmes
Qui de l'Inde venu répandit les alarmes :
Dans le seizième siècle un grand ambassadeur
En France introduisit ce présent séducteur.
On craignit les poisons de la feuille nouvelle,
Dont l'excès entraînait une suite cruelle ;
Il fallut les rigueurs de plusieurs potentats,
Pour arrêter le mal inondant leurs états ;
Les juges condamnaient volontiers les coupables,
Et pourtant le délit se montrait sur leurs tables.
Enfin l'usage fut proclamé le vainqueur,
Et depuis on se pose en priseur ou fumeur.

Je commence par toi, paisible tabatière.

On prétend que la prise est un trait de lumière,

Et que pour surmonter mille difficultés

Elle offre le secours de rares qualités.

En effet, quand un mot rétif nous embarrasse,

Vite un peu de tabac du choc nous débarrasse.

Qui vous accusera d'être stupide ou vain,

Quand l'esprit positif brille dans votre main ?

Son éclat quelquefois s'entoure d'un nuage :

A vos souhaits, dit-on, pour couvrir le tapage ;

Grand merci ; ces deux mots sortent tout éloquents,

Et vous-même admirez leurs glorieux accents.

Puis, n'est-ce pas goûter une joie innocente,

Que d'avoir dans sa poche une boîte charmante ?

On la tourne, on la berce aux yeux émerveillés ;

Par chacun ses attraits paraissent surveillés ;

On puise dans sa source avec délicatesse,

Et le nez parfumé se pâme d'allégresse.

1.

Je ne citerai pas le travers odieux

De gens mal élevés, qui prisent dans le creux

D'une main remuant le pouce en télégraphe

Et semblant l'obliger à signer un paraphe :

Ils ne connaissent pas la crème du plaisir,

Et dans leurs préjugés se plaisent à pourrir.

Du mouchoir emporté ne suivez pas les traces.

Un lustre chez les vieux vient suspendre ses grâces.

C'est un lustre de plus : pénétré de respect,

Je me garderai bien de rire à cet aspect ;

On peut être bien propre, autant qu'un homme illustre,

Et souvent honorer les salons de son lustre.

Invitée au régal, la belle aux doigts mignons

Egaye en s'esquivant ses jeunes compagnons.

Mais il faut retracer la pipe orientale.

Un luxe gracieux avec amour s'étale

Sur le tube inventé par de savantes mains,

Et que l'art embellit dans les pays lointains :

Le cerisier surtout présente à l'industrie
Sa baguette solide à l'écorce polie ;
L'ambre enrichi d'atours s'arrondit au regard ,
Et la rougeâtre noix prépare le nectar.
Sous un ciel qui sourit aux clartés rayonnantes,
Dégageant notre élan de chaînes trop pesantes ,
On ne rend pas hommage aux assoupissements
Pleins de mélancolie en leurs enchantements.
C'est ici qu'apparaît la lutte interminable
De deux lois gouvernant un monde variable :
Le devoir, le plaisir sont jaloux tour à tour
D'enlever l'influence au terrestre séjour.
Mais le sage indulgent admet dans la balance
Les paisibles douceurs qui charment l'existence ,
Et même quelquefois, dans un discret moment,
Se permet de fumer avec ménagement.
Le tuyau délectable a son trône en Turquie,
Où d'un puissant prestige il entoure la vie.
Le grave Musulman sur un large sofa
Mollement s'accroupit : à ses ordres déjà,

L'intelligent valet adroitement dispose

Le parfum savoureux qui sous le feu repose ;

Fier de sa promptitude, il s'incline humblement,

Et son maître lui jette un coup-d'œil indolent.

Aussitôt le produit aimé de l'Arabie

Dans la tasse répand son amère ambroisie,

Et le mélange heureux des choisis éléments

Plonge notre mortel dans les enivrements.

Sous l'arbre qui s'agite aux zéphirs du Bosphore ,

Quand la belle nature avec pompe se dore,

Le calme promeneur retrouve les attraits

Qui prêtent leur magie à ses regards distraits

A travers les flots purs de l'odorant nuage

Il découvre toujours un charmant paysage,

Et loin du bruit fâcheux qui le rendrait craintif ,

Il tourne vers le ciel un front méditatif.

Ta beauté raccourcie, ô pipe germanique,

Peut donner de la flamme à l'essor poétique.

Un jour, en revenant du sublime Mont-Blanc,

J'avais à mes côtés un honnête Allemand :

Mon souvenir se plaît à garder sa figure ;

Qu'il fut bon pour mon cœur ivre de la nature !

Il préparait souvent le tuyau recourbé,

Et de l'énorme noix était préoccupé.

Des rivages du Nord l'écume blanchissante

Prend insensiblement la teinte jaunissante ;

Le fourneau rallumé travaille d'un pas lent

A former d'un dessin le contour élégant ;

Les noix en mûrissant sont un bien de famille,

Et l'on aime leur vase ou le doux feu pétille.

En Allemagne on fume et boit tranquillement,

Et l'on sait encor mieux jouir du sentiment.

Narguilé, j'ai déjà, dans un de mes caprices,

En des vers plus légers célébré tes délices ;

Mais tu m'as réservé de rapides moments,

Et je te dois vouer quelques nouveaux accents.

D'un cristal arrondi l'ouverture allongée

Reçoit au sein de l'eau la base prolongée

D'un tube de métal , qui communique l'air

Au maroquin mouvant joignant l'endroit ouvert ;

En inerte serpent le long tuyau se couche ,

S'entortille aux genoux et parvient à la bouche :

Sur l'appareil savant brille un feu parfumé ,

Et la poitrine aspire un nectar enbaumé.

La coupe transparente offre son lait blanchâtre ,

Et vous acompagnez le nuage bleuâtre.

Sur ce trésor chéri le luxe oriental

A versé quelquefois un éclat sans égal.

Dans notre active Europe, où les loisirs sont rares,

On fumera longtemps les commodes cigares :

Pour jouir de leur flamme il ne faut qu'un instant.

En suivant ses travaux l'habile négociant

Soigne sans se troubler son double portefeuille.

Le tabac pétillant sous la cendre s'effeuille.

Havane, ton bouquet va bien aux élégants,

Qui pour le savourer gardent leurs jaunes gants.

Quand pour le feu sacré deux cigares s'embouchent,

On peut dire souvent : les extrèmes se touchent ;

La circonstance opère un doux rapprochement,

Et le riche du pauvre obtient l'embrassement.

La molle cigarette a pour le sexe aimable

Sur le sol espagnol un attrait estimable :

Le nuage léger s'élève gracieux,

Pénètre l'odorat et passe dans les yeux ;

On se surprend ému d'une vive tendresse,

Mais au loin disparaît ce court moment d'ivresse.

L'intrépide marin parcourant l'Océan,

En mâchant son tabac se montre souriant,

Et tandis que sa bouche entretient l'amertume,

De la vague en courroux il contemple l'écume.

Il monte au haut du mât en face des éclairs,
Et la plante rampante ose franchir les airs.

Les tranquilles causeurs dans une tabagie
Loin du monde connu semblent couler la vie :
Le plafond incertain prend un aspect mouvant,
La parole en récits tombe languissamment.
Sans pipe on est fumeur dans cet épais nuage,
Et l'habit en retire une empreinte sauvage.

Brûle-gueule, ton œil peut-il intimider ?
Va, pour la bonne bouche on devait te garder.
Ton solide amateur dévore la lumière :
Tel qu'un phare tournant tout à coup il éclaire.
Sa pipe est l'idéal de la simplicité,
Mais offense bientôt le gosier irrité.

Jeunesse, qui voulez entrer dans la carrière,

Évitez chaque excès entraînant sa misère :

Les plaisirs limités conviennent aux humains,

Comme l'ont voulu les décrets souverains.

SUPPLÉMENT.

A mon Narguilé.

NARGUILÉ, je rends hommage
Aux rapports légers et doux
Qui sur un lointain rivage
S'établirent entre nous.

Tant que je suivais la trace
De ton nuage odorant,
Le paysage avec grâce
Se montrait en souriant.

Le Caprice.

Il est un malin génie,
Qui traverse en se jouant
Les doux songes de la vie
De son pas toujours fuyant.

Dans les heures empressées
De nos soins plus sérieux
Il glisse sur les pensées,
Et l'on voit briller ses yeux.

2

On voudrait saisir son aile
Pour le garder un moment,
Mais vers la voûte éternelle
Il remonte agilement.

Tel dans sa molle cadence
Se montre le papillon,
Qui se pose, et puis s'élance,
Et revient sur le gazon.

On croit voir la main timide
Surprendre ce cher trésor,
Tandis que d'un bond rapide
Il enchante l'autre bord.

Sur la prairie arrosée
Se promènent ses désirs,
Et la goutte de rosée
Réfléchit tous ses plaisirs.

Voltigeant de feuille en feuille,
Il trouve un aliment pur,
Et quand l'arbrisseau s'effeuille,
Du ciel demande l'azur.

Conserve longtemps pour plaire
Ton corsage ravissant.
Hélas ! une onde légère
Te rend déjà frémissant.

Dans sa course vagabonde
Le nuage a disparu,
Et pour réjouir le monde
Un beau temps a reparu.

Mais qu'entends-je ? Le tonnerre
Gronde bruyant dans les cieux,
Et la foudre sur la terre
Semble jeter tous ses feux.

Seigneur , soyez-nous propice ,
Garantissez les moissons !
Bientôt renaît le délice
Des plus aimables rayons.

C'est ainsi que l'inconstance
De notre cœur agité ,
Incessamment se balance
Jusqu'à l'immortalité.

www.ingramcontent.com/pod-product-compliance
Lightning Source LLC
Chambersburg PA
CBHW061634180626
46818CB00005B/2370